MIRACLE
ADVENV EN
L'ABBAYE DE
NOSTRE DAME
de Soiſſons.

Le xxv du moys de Mars
dernier 1609.

A PARIS
Chez Claude Chappelet,
rue S. Iacques, à la Licorne,
1609.
Auec Approbation.

Approbation.

NOus foubfignez Paul Lermite preftre Chanoine, & Efcholaftre en l'Eglife de Soiffons, & grand Vicaire de Monfeigneur l'Euef-
que de Soiffons, & Charles Courtonne Chanoine
en ladicte Eglife, & Secretaire de monfeigneur,
Certifions le prefent difcours côtenir verité, & fe
trouuer en tout conforme au procés verbal
qu'en auons dreffé par le commandement de
mondit feigneur ce xiiij. Iuin mil fix cens neuf.

Signé,   LERMITE.

COVRTONNE.

MIRACLE

ADVENV EN L'ABBAYE
DE NOSTRE DAME DE SOIS-
sons le xxij. du moys de
Mars dernier mil six
cens neuf.

ES conseils des Roys
doiuent estre tenus se-
cretz, ce disoit l'Archáge
Raphaël à Tobie , mais
les œuures de Dieu meritent d'estre
reuelees & publiees par tout : Et
principalement ces œuures extraor-
dinaires , nommees à bon droict
Miracles, que la diuine prouidence
a coustume de dispenser en temps
& lieu , pour auctoriser ses serui-
teurs, & rembarrer les ennemys de la

A ij

Foy. Il se peut dire auec verité,
que Dieu non content d'auoir doüé
ce siecle d'vn grand nombre de tres-
suffisants personnages, pour en-
seigner au peuple la verité Catholique, a fait aussi n'agueres voir à toute la France vn Miracle si clair & notoire que la mesdisante heresie, en-
nemie des Saincts & de leurs sacrees
Reliques, n'y trouuera iamais que redire, & d'ailleurs si tres-signalé que
le peuple Catholique de ce temps
n'a plus sujet de regretter les siecles
anciens, esquels on voyoit à la por-
te du Temple vn boiteux soudainement guery, & cheminer droict,
commandé de ce faire au nom de
Iesus-Christ. I'emprunteray le dis-
cours de ce Miracle du proces verbal qui en a esté dressé fort iudicieu-
sement par l'expres commandemét
de Reuerend Pere en Dieu messire
Hierome Hennequin Euesque de

Soiſſons, à ce que le beau luſtre de
la Iuſtice auec laquelle on à procedé
en ce faict de telle importance, eſ-
carte plus ayſément les broüillars &
nuages que la calonie voudroit vo-
mir à l'encontre.

Entre pluſieurs beaux Mona-
ſteres deſquels la ville de Soiſſons
eſt enrichie, l'Abbaye de noſtre Dame tient à bon droict le premier
lieu, non ſeulement pour ſon an-
cienneté, comme eſtant il y a plus de
huict cens ans, erigée dans l'enclos
du Palais d'Ebroin, mais auſſi pour
le grand nombre des ſeruantes de
Dieu qui y viuent religieuſement
ſous la reigle de ſainct Benoiſt, & y
gardét tres-eſtroitte cloſture, ſous la
ſage coduitte de tres illuſtre Princeſ-
ſe Madame Louyſe de Lorraine. De
ce grand nombre de plus de ſoixáte
& dix religieuſes, eſt ſœur Marie de
Hericourt, agée de trente quatre

ans, fille de feu meſſire Charles ſei-
gneur de Hericourt & de Canlers,
au Comté de ſainct Pol, & de Dame
Marie Dococh des plus nobles &
anciennes maiſons du meſme Comté. Ladicte de Hericourt n'agueres
abandonnée des Medecins, & main-
tenant ſaine & guerie d'vne façon
totalement miraculeuſe. Car comme ladicte de Hericourt le xxiij.
iour d'Aouſt de l'an paſſé, deſi-
reuſe de trouuer quelque allegemēt
à ſes exceſſiues douleurs eut faict
venir vn Cirurgien, pour eſtre ſei-
gnée au pied droict, elle y receut
cinq coups de lancette, dont l'vn
donna dans le tendron proche du
malleole, ce qui luy rengregea ſon
mal: de ſorte que par l'ordonnance
de l'Abbeſſe, les Medecin, Cirurgien,
& Apoticaire ordinaires de la mai-
ſon furent appellés, qui viſitans la
partie affectee, la trouuerent ia tu-

mefiée, & iugerent bien toft ce qui
en arriueroit : qui fut qu'en peu de
temps le pied fe retira en dedans, la
iambe & la cuiffe pareillement de-
uindrent atrophies : ainfi lefdictes
parties faute de prendre leur nourri-
ture fe deffeicherét en forte qu'il ne
leur refta quafi pl⁹ que la peau & les
os. La patiéte reduitte à ce poinct, &
ne fe pouuant plus ayder de ce pied,
eftoit ordinairement portée en l'E-
glife dans vne chaire : par fois elle
s'y trainoit auec beaucoup de peine
s'appuyant fur deux potences. Dieu
qui fait toutes chofes auec poids,
nombre, & mefure, qui fçait, fage
potier qu'il eft, combien de temps
il doit laiffer les vaiffeaux de terre en
la fournaife d'affliction, & qui vifoit
au but de mettre la calomnie fous
les pieds de la triomphante verité,
laiffa tréper ladicte de Hericourt en
cefte griefue maladie l'efpace de fept

moys, à ce que la guerison miraculeuse en fut plus notoire & euidente. Ce qui aduint le xxij. Iour de
Mars en la sorte & maniere qu'il ce
dira. Ceste venerable & Religieuse
maison de nostre Dame se disposoit
lors pour soléniser le Pardó octroyé
par nostre S. Pere le Pape Paul cin-
quiesme pour le iour de l'Annon-
ciation: on descendoit les Chasses
où sont gardees les precieuses reliques & despouïlles des bienheu-
reux Martyrs & Apostres de Soissons, S. Crespin & S. Crespinian, S.
Legier Euesque d'Autun, S. Osuald
Martyr & Roy d'Angleterre, sainct
Drausin, S. Voüe, outre plusieurs autres. Cependant la susdicte de Hericourt se tenoit en l'vn des Oratoires
de l'Eglise, où sainctement marrie
de ne pouuoir accompagner ses
sœurs en la procession, & rendre à
Dieu en ses Saincts ce religieux offi-
ce, fut

ce, fut soudainement saisie d'vn tres-
ardent desir du recouurement de sa
santé, pour la consacrer mieux que
iamais à Dieu & à sa Religion. Ce
desir meslé d'esperance que luy ap-
portoit & la solemnité du iour, &
la presence des sainctes Reliques, &
la deuotion de ceste religieuse compagnie, la porta iusques-là que de
prier Dieu, ce qu'elle fit tres-hum-
blement, luy renuoyer sa premiere
force & santé, par les prieres & me-
rites de la tres-sacree vierge Mere, &
par les intercessions des glorieux
Saincts, les reliques desquels estoiét
là religieusement portees; adiousta
aussi vn vœu à sa priere, qu'au cas
qu'il plairoit à Dieu luy enteriner
sa requeste, qu'outre le seruice ja
voüé, elle luy rendroit tres-deuo-
tement le reste de sa vie certaines
prieres deuant le tres-sainct Sa-
crement de l'Autel. Elle n'eut pas

pl uſtoſt faict ledict vœu qu'elle fut
ſaiſie par tout le corps d'vn grand
tremblement & fremiſſemét. Apres
lequel elle ſe ſentit en vn moment
guerie : le pied droit qui parauant
pour s'eſtre retiré pédoit touſiours
en l'air, toucha terre, & s'affermit
comme l'autre : plus de foibleſſe ny
en la iambe, ny en la cuiſſe: bref quit-
tant là ſes potences elle ſortit de l'o-
ratoire, & ſe preſentant a ſes Sœurs,
Ie n'ay plus de beſoin de potences,
ce dit-elle, Dieu ſoit loüé, me voila
guerie. Ce qu'ayant dit, premiere-
ment elle preuint le Chœur de ſes
Sœurs, allant en proceſſion d'vn pas
plus viſte & ferme, puis en preſence
de toutes elle s'alla proſterner ſouz
la table où repoſoiét les ſainctes Reliques, d'vne-part rendant graces à
Dieu qui venoit d'honnorer les pre-
tieuſes cendres de ſes Saincts, par vn
ſi beau miracle, & d'ailleurs eſton-

nant toute la compagnie par vn ac-
cident si estrange.

Le Miracle parloit de soy mesme,
& preschoit assez la puissance du
souuerain Medecin, tellement que
dés le lendemain en action de graces on en chanta le *Te Deum lauda-*
mus, non seulement le son des clo-
ches, mais aussi le bruit d'vn si notoire miracle, ayant en moins de rien
couie toute la ville de Soissons dans
l'Eglise de nostre Dame, où la gran-
de grille fut ouuerte, à ce que le peuple peust estre tesmoin oculaire d'v-
ne si euidente merueille.

Messire Hierosme Hennequin
Euesque dudit Soissons, aduerty de
ce que dessus, fist ce qu'on pouuoit
desirer d'vn tres-sage Prelat. Car dés
le xxx.iour du mesme mois de Mars,
il ordonna que son Vicaire general
se transporteroit en la susdicte Abbaye de nostre Dame, pour infor-

mer au vray de ce qui estoit aduenu,
& en dresser procés verbal. Ce que
ledit grand Vicaire fist auec toute
la solennité & circonspection à ce
requise. Receuant en premier lieu la
deposition de Tres-illustre Princes-
se Madame Louyse de Lorraine Abbesse dudit lieu, contenant en sub-
stance ce que dessus, outre vn tres-
honnorable tesmoignage de vie religieuse qu'elle rendist à la susdicte
sœur Marie de Hericourt : Et fut ladite deposition non seulement si-
gnee par ladite Dame Abbesse, mais
aussi par sept autres Religieuses pro-
fesses & ayans charge audit Mona-
stere. Cela faict, sœur Marie de Hericourt comparut en personne deuát
ledit sieur grand Vicaire, par lequel
interpellee de dire verité, & côme le
tout s'estoit passé, racóta húblement
& de poinct en poinct tout ce qui a
esté déduit cy dessus, confirmant ce

qu'elle auoit depoſé, non ſeulement
par ſon ſeing, ſelon la couſtume des
actes iudiciaires, mais beaucoup
plus clairement par ſa démarche &
alleure, ne tenant plus rien de la foibleſſe & impuiſſance en laquelle
tout le monde l'auoit veuë peu au-
parauant. Bref à celle fin que ce beau
miracle fuſt du tout hors de prinſe,
& que l'enuie meſme n'y trouuaſt
que redire, le ſuſdict ſieur Grand
Vicaire le xxxɪ du meſme moys de
Mars fiſt venir pardeuant ſoy, Mai-
ſtre Pierre Charton Docteur en me-
decine âgé de cinquante ans, Charles Leſpicier apoticaire âgé de ſoi-
xante & quatre ans, Iean Meſnart
Chirurgien âgé de quarāte huit ans,
tous demeurans à Soiſſons : leſquels
apres le ſerment par eux preſté de
dire verité, dirent & affermerent
qu'ils auoient bonne cognoiſſance
de ſœur Marie de Hericourt pour

l'auoir veuë & visitee souuent pen-
dant sa maladie , & nommement
que mandez par la susdicte Dame
Abbesse le xxij iour de Mars , ils
auoient trouué ladite de Hericourt
cheminant droit comme auparauãt
sa maladie, sans qu'il parust plus, ny
au pied, ny à la iambe, ny a la cuisse,
aucune foiblesse ou incommodité,
estans lesdictes parties remises & re-
stablies en leur premiere force &
santé: ce qu'estãt aduenu sãs remedes
humains & à vn instant, ils estoient
contraincts d'aduoüer & recognoi-
stre telle cure & guerison estre diuine & miraculeuse : Ce qu'ils teste-
rent aussi par leur propre seing. Le
mesme a esté depuis signé par Mai-
stre Gaspart Brayer tres-fameux medecin de Chasteau Thierry, tesmoin
oculaire de la maladie de la susdicte
de Hericourt. Les depositions que
dessus ont esté rapportees à Reue-

rend Pere en Dieu Meſſire Hieroſ-
me Hennequin.

Bref, pour enuoyer à la poſterité
la memoire d'vn ſi memorable eue-
nement, on a erigé en l'Egliſe de noſtre Dame de Soiſſons vn tableau
où eſt repreſentee l'hiſtoire que deſ-
ſus, pratique tres-ancienne en l'E-
gliſe de Dieu, comme il appert par
les eſcrits du docte Theodoret &
autres. Que ſi quelqu'vn trouue
eſtrange qu'on ayt differé plus de
deux mois l'impreſſion de cet eue-
nement admirable, qu'il ſe ſouuien-
ne que noſtre Seigneur enuoyoit
les Aueugles & Paralytiques qu'il
gueriſſoit, par au trauers de Hieru-
ſalem, il commandoit qu'on don-
naſt à mager à ceux qu'il reſuſcitoit,
il conſerua la vie au Lazare l'eſpace
de trente ans apres l'auoir tiré hors
de ſon ſepulcre (tradition rapportee
par le grand S. Epiphane) à celle fin

que ses miracles fussent, comme l'on
dict, cimentez à chaux & à sable, &
que la mesdisance Pharisienne, de
laquelle l'heresie de ce temps se por-
te pour heritiere, ne peut les desmo-
lir : De mesme on a esté bien ayse
que trois mois & plus soient escou-
lez depuis la guerison miraculeuse,
en laquelle la susdicte Dame sœur
Marie de Hericourt continuant à la
veuë de tous, presche à chasque pas
la puissance de Dieu, la valeur des
vœux, l'efficace des prieres qu'on
presente aux Saincts, bref l'honeur
deu à leurs sacrees Reliques.

Mirabilis Deus in Sanctis suis.
Psal. 67.

F I N.